MEINE KOLLEGIN, IHR BESEN UND ICH

INHALT

MEINE KOLLEGIN, IHR BESEN UND ICH #01 __ 005

BONUSMANGA #01 _____ 153

MEINE KOLLEGIN, IHR BESEN UND ICH #02 __ 165

BONUSMANGA #02 _____ 318

Nachwort _____ 321

MEINE KOLLEGIN, IHR BESEN UND ICH

KAPITEL 1

Ah ...

!

Hallo, Kollegin!

Wah!

Gehst du nach Hause?

Ja, ich war gerade bei einem Kunden und bin auf dem Heimweg.

Meine Kollegin ist eine Hexe.

Das war ja ein langer Tag für dich!

ÄHM...

Frau Yoshida musste früher gehen, wel sie etwas Dringendes zu erledigen hatte ...

Gab es noch so viel zu tun?

Du bist aber auch spät dran!

Deine Nase läuft.

Ehrlich gesagt macht mich das sauer.

HÄ?!

Und die Arbeit hat sie ihr aufs Auge gedrückt ...

FIXIER

Sie ist so gutmütig, dass sie einfach nicht Nein sagen kann ...

Ä-Ähm ...

4

W...WIE PEINLICH!
Heute ist es aber auch saukalt!
Ich bin einfach zu viel geflogen bei dieser Kälte ...
Ich hab mir den Kaffee gerade erst gekauft ...
... aber er ist schon wieder abgekühlt ...
ST
POMM

... Mist!

So ein ...

KAPITEL 2

GNH

So ein Fehler ist mir bisher noch nie passiert!

... und ich hab die Unterlagen für die Besprechung im Büro vergessen!

Gleich ist die Konferenz bei der Firma XY ...

RATTANG RATTONG RATTANG RATTONG

Es ist zu spät, sie jetzt noch holen zu gehen ...

Was mach ich denn jetzt?

9

KAPITEL 3

GHGH

E...

Es tut mir leid ...

Sag mal!

Wie konnte dir ein solcher Fehler unterlaufen?!

...!

!

Kollegin?

... TOHUWABOHU

Ich baue alles für die Konferenz auf ...

ちゃああ

Ach, tatsächlich?!

Was ist denn hier los?!

Das war ja gerade ein Krach!

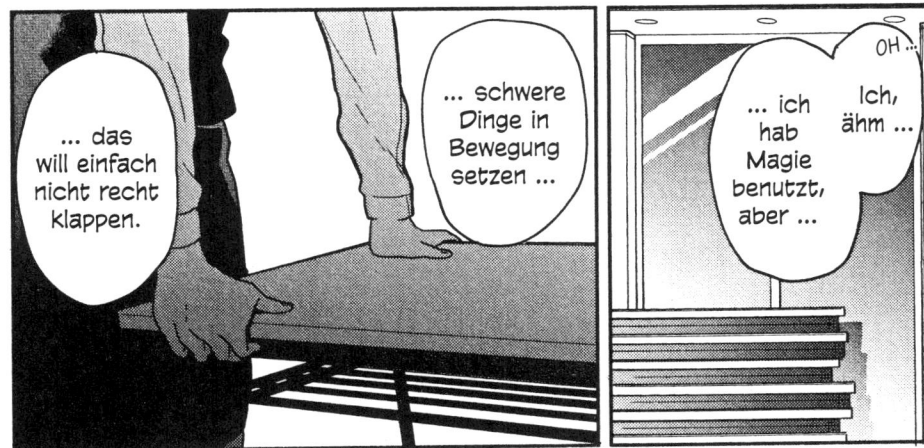

... das will einfach nicht recht klappen.

... schwere Dinge in Bewegung setzen ...

OH ...

Ich, ähm ...

... ich hab Magie benutzt, aber ...

...

Nicht mal so etwas Einfaches bekomme ich hin ...

Das ist erbärmlich ...

Ich soll das schließlich machen.

Nein, lass nur!

Was?!

Ich helfe dir.

GRABSCH

MEINE KOLLEGIN,
IHR BESEN UND ICH

...

KAPITEL 4

Ist das düster!

Ich muss doch die Papiere für die Präsentation morgen in Ordnung bringen ...

Wann ist „bald"?

K-Keine Sorge! Bestimmt kommt der Strom bald wieder!

Dass durch einen Blitz der Strom ausfällt!

... nur wegen der dubiosen Daten von dem Kerl, der sie zusammengestellt hat!?

MURMEL

MURMEL

MURMEL

Was, wenn am Ende mein Ruf darunter leidet ...

Deshalb sitzt du um diese Zeit noch hier?

Hä?

Was?!

Schon wieder?!

... eine Kollegin hatte zu viele Projekte, deshalb habe ich ihr etwas abgenommen.

Ah ...

... ähm ...

ÜBRIGENS ...

... warum bist du eigentlich noch hier?

Gutmütige Leute werden verarscht, Mensch!

...

Das kann schon sein.

... ich kann nicht Nein sagen.

Ach, verdammt!

Aber ...

... man hat mir immer schon vorgehalten, dass ich eigentlich mogele, weil ich zaubern kann.

... möchte ich andere wenigstens ein bisschen unterstützen ...

Deshalb ...

Aber ...

Denke ich zumindest.

... oder so ...

GRINS

HM?

Ma-gie?

Ja.

J...

Aber gut ... ich werde aufpassen!

Schreck!
Ähm ... Apropos, dieser Stromausfall ...
Kannst du da nicht mit Magie irgendwas unternehmen?
Na klar!
Du hast recht!
KNARR
BRITZEL
BRITZEL
U...
Und hopp ...!
BRITZEL
ZAPP
!

MEINE KOLLEGIN,
IHR BESEN UND ICH

... aber Shizuka arbeitet doch hier, oder?

Sorry ...

KAPITEL 5

Ähm, jetzt gleich? Wieso?

Na, Shizuka! Könntest du sie vielleicht mal rausrufen?

Wer?

Bitte ...?

W...

Was will der Typ ...?

SCHNELL!

Wir sind verabredet!

Äh ...

Moment.

Ich bin Tsubasa! Sag ihr das, dann weiß sie Bescheid!

ZOOM

AH!

Shizuka!

Entschuldige, hast du gewartet?!

FUWAH

Oh, echt?! Ein Glück!

Ah, das ist ihr Vorname ...

HH

HH

Du hast sie tatsächlich liegen gelassen!

Also, ich geh dann! Bis später.

Ist er etwa ...

Ah!

MURGEL

Und der Vorname ...

über- nachtet ...

MURGEL

Pass beim nächsten Mal besser auf, okay?

Könnte sein, dass ich sie vergessen habe, als ich neulich bei dir übernachtet habe!

BONK

AUTSCHI!

He!

Sag wenigstens Danke!

E...

Mann, was soll das?! Voll gemein, deinen kleinen Bruder mit so übertrieben brutaler Magie zu drangsalieren!

Ich bin extra zurückgeflogen, um dir deine Bücher für die Uni zu holen!

Äh, warum bin ich jetzt erleichtert ...?

PUH

Er ist ihr kleiner Bruder?!

Häää?

Warst du nicht auch unhöflich zu Misono?!

SPÄH

... ich bin Shizukas Freund, stimmt's?

Du warst schon ganz nervös, weil du dachtest ...

Okay, hast recht.

Hä ...?!

Was?

Der Kerl hat es auf dich abgesehen!

Sei vorsichtig, Schwesterherz!

Äh, nein?

MEINE KOLLEGIN, IHR BESEN UND ICH

KAPITEL 6

Ich bin nicht in dich verliebt!

Vollkommener Unsinn!

Wie konnte ich so etwas Unhöfliches sagen?!

Ich bin unmöglich!

KAFF

...

Oh ... nein. Ich konnte mich heute überhaupt nicht konzentrieren...

Hast du noch so viel zu erledigen?

Du bist immer noch da, Misono?

!

29

?!

Wunderschön,
oder?

Ich bin immer nur mit mir beschäftigt, aber sie ...

Vielen Dank!

Ich hab gehofft, dass es dir auch so geht.

Wenn es mal nicht so gut läuft, ist es sehr erholsam, nachts durch die Luft zu fliegen.

... der Grund ist, dass ich sie ...

Kollegin!

Willst du demnächst mal mit mir essen gehen?

Ich hab mich immer gefragt, warum ich nur ihr gegenüber nicht aufrichtig sein kann, aber ...

Nein!

Vielleicht wäre jemand anderes besser geeignet ...

O... Ob ich dir helfen kann?

Hm ?!

?!

Hast du solche Probleme auf der Arbeit?!

Ich möchte dich!

ZACK

...

Ver-
standen!

Wir
sammeln
die Probleme
und fragen
dann den
Abteilungs-
leiter um
Rat!

Ah ...
aber ...

DAS
IST EINE
WICHTIGE
VERANT-
WOR-
TUNG
...

Jetzt
ist es nur
noch ein
simples
Lunch ...

Wie
wäre
es zum
Beispiel
mit einem
Lunch im
Grillres-
taurant?

Am
besten
gehen wir
irgend-
wohin,
wo man
sich gut
stärken
kann!

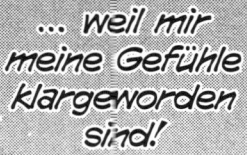

... weil mir
meine Gefühle
klargeworden
sind!

... jetzt
fühle ich
mich schon
besser ...

KAPITEL 7

Ich brate im Akkord!

Du musst richtig viel essen, damit du wieder munter wirst!

Misono!

BRUTZEL

GRILLRESTAURANT

Selbst wie sie *Unmengen* Fleisch verputzt, ist süß ...

STARR

Okay ...

...

Och, reiner Zufall! Ich hatte auch Lust auf gegrilltes Fleisch!

Wieso bist du hier?

Ich wette, du denkst gerade sowas!

ZOOM

LI!

Ich bestelle uns Reis!

MENÜ

Und von dir muss ich mir gar nichts sagen lassen.

Was ich tue, entscheide ich immer noch selbst.

Wir haben uns viel zu viel Zeit gelassen beim Essen!

WAH!

Kollegin, die Nachmittagsbesprechung beginnt gleich.

Was ist hier los ...?

Wa...

...

He, dein Fleisch brennt an.

BRUTZEL

SCHRECK

Oh, aber es ist ja helllichter Tag ...

Es ist dir bestimmt peinlich, wenn die anderen Kollegen dich sehen!

Nein!

Ja!

Willst du mit aufsteigen?! So wie neulich ...

FIXIER

Fliegst du zurück?

GRILLRESTAU-RANT 29

MURMEL

ざわ

MURMEL

ざわ

KAPITEL 8

ぐったり…

Steigt ins Auto ...

Fertig!

ERSCHÖPFT

Gute Arbeit, Leute!

Also, die heutige Ausstellung ist hiermit beendet!

WAS?!

Wie ich sie beneide!

Sie wollte nach Hause fliegen.

NANU?

Was ist mit Frau Hoshino?

BIN ICH PLATT!

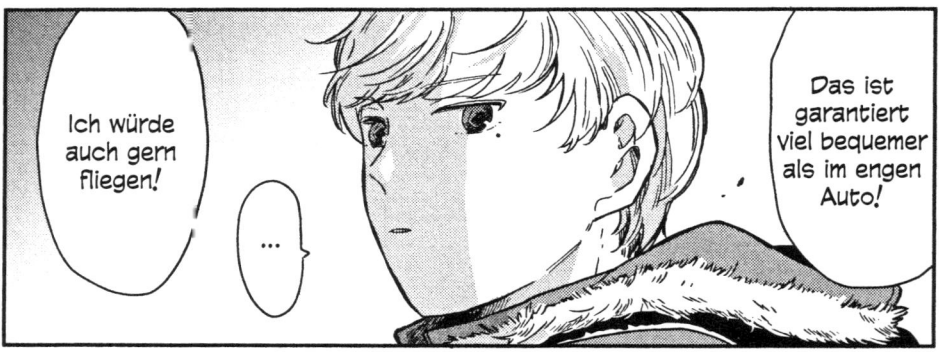

Ich würde auch gern fliegen!

...

Das ist garantiert viel bequemer als im engen Auto!

STÜRM

HÄ?!

Was ist los, Misono?!

JA!

Jetzt macht doch, Leute!

Kollegin!

TAMM

Wollen wir nicht zusammen nach Hause fahren?

Was?!

Es dauert zwar etwas länger, aber ich dachte, wir könnten doch mit der Bahn zurückfahren.

Na ja ... ist es nach so einem Tag nicht ein bisschen hart zu fliegen?

Misono? Warum ...

Ah!

TORKEL

Das ist doch kein Ding.

KNURRRR

Mach ich gern für di...

Das ist das Beste!

Scharf!

Wie wär's?

... ich hab heute von einem Kunden Coupons für Curryreis bekommen ...

Ah ...

...

KNURR

MEINE KOLLEGIN,
IHR BESEN UND ICH

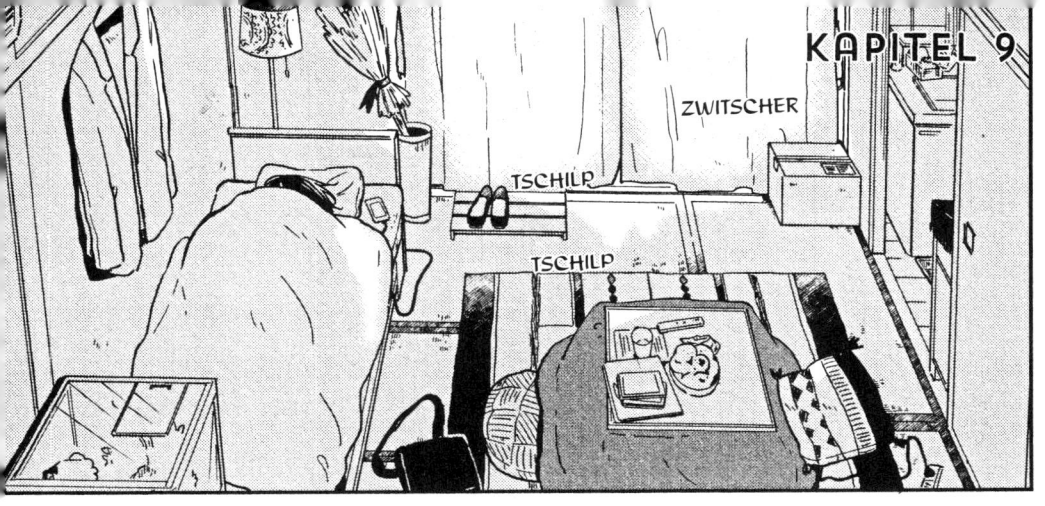

KAPITEL 9

ZWITSCHER

TSCHILP

TSCHILP

SCHLEICH

HÄÄ?

Es ist doch noch gar nicht so weit ...

Mir ist's ja gleich, wenn du zu spät kommst!

Wie lange gedenkst du noch zu schlafen?!

WÄH!

Ich hab nur noch drei Minuten!

8:57

2 NEUE NACHRICHTEN

ÄH ...

Waaaah!

... in letzter Zeit ist gar nichts Spaßiges passiert, oder?

Sag mal ...

FLÄZ

Ich meine, hast du dich vielleicht mal verliebt oder gibt es in der Firma einen heißen Kerl oder so!

Das mein ich nicht!

Comedy ist doch spaßig!

?

Hmmmm...

Ich bin etwas besorgt um dich!

...

Seit dein Freund vor einem Jahr mit dir Schluss gemacht hat, hat sich bei dir nichts mehr getan!

Außerdem ...

HUPP

...

Ich brauch das eigentlich gerade gar nicht! Ich hab im Job viel zu tun, und ich bin gern allein!

... bin ich nicht einsam! Du bist ja bei mir, Komachi.

ICH HAE IHN BEIM SPIELEN ...

... GEFUNDEN!

Meine Mutter hat sich auch gewundert!

Ich hab noch nie von einer Hexe gehört, die nicht mit Katzen, sondern mit Leguanen sprechen kann!

Kannst du mich verstehen?

Seit ich dich damals in der Grundschulzeit aufgelesen habe, sind wir immer zusammen!

UWAH...

Tut mir leid, danke!

Nein, um Himmels Willen! Das musst du nicht ...

Hä?! Im Ernst?!

HOTTIE-SPECIAL

ZAPP

BIEP

Sie hat ganz schnell vom Thema abgelenkt ...

Schreck!

Das ist die Firma! Ja, hallo?

Na ja, ich bin dir natürlich dankbar, dass du mich mitgenommen hast ...

Dass du extra gekommen bist, um mir die Papiere zu bringen!

Es tut mir so leid, Misono!

FUWAH

Ah, Kollegin! Hier!

GLOTZ

Es wäre blöd, wenn du sie morgen früh nicht hättest!

Ach, kein Problem!

... hab ich wirklich gedacht, er wäre ein netter Mensch ...

Aber damals ...

GUWAAAAOOH

ÄCHZ

Du wolltest wahrscheinlich nicht darüber reden, nicht wahr?

Es tut mir leid.

...

Ich gehe jetzt.

... ich ...

Oh ...

SCHRECK

MEINE KOLLEGIN,
IHR BESEN UND ICH

KAPITEL 12

Hiwatari!

Na ja, anders, aber es hat Spaß gemacht!

Wie war's in der Zweigstelle in Osaka?

WAH

HI!

Will-kommen zurück!

Wie lange hab ich euch nicht gesehen!

SHIZUKA HOSHINO

ENTSCHULDIGE DIE SPÄTE ANTWORT. ES IST WIRKLICH LANGE HER. NÄCHSTE WOCHE HAB ICH ZEIT.

BBBH

AHAHA あはは

Im Ernst?

Mann, unsere Kunden waren voll verunsichert, als du weg warst!

Wegen meiner Versetzung haben wir uns getrennt, aber ...

... irgendwie konnte ich sie nicht vergessen ...

...

Ja ...

... kann sein.

Wie jetzt?! Nee, aber ich freu mich natürlich darüber!

GAHAHAHA

Wie wär's denn jetzt mit uns?

Weißt du so: ...

WAS GEHT?!

Dabei hatte ich es ehrlich gesagt auf dich abgesehen!

... hat bestimmt ständig was an mir auszusetzen. Viel zu anstrengend!

Eine Frau wie die ...

Ganz ehrlich ...

... lass das bloß einen Witz gewesen sein!

... ist es so angenehm, mit ihr zusammen zu sein.

Du bist unmöglich, Kosuke!

Shizuka kritisiert mich nie, darum ...

Du bist so unbedarft ...

... merkt man auch schnell.

Und dass sie schlecht Nein sagen kann, wenn man hartnäckig ist ...

LANGE NICHTS VON DIR GEHÖRT. ICH BIN DEMNÄCHST WIEDER IN DER GEGEND UND WÜRDE DICH GERNE SEHEN.

ICH WARTE AUF DEINE ANTWORT.

ICH MÖCHTE DICH SEHEN UND MIT DIR REDEN, UND WENN ES NUR EIN EINZIGES MAL IST.

ENTSCHULDIGE DIE SPÄTE ANTWORT. ES IST WIRKLICH LANGE HER. NÄCHSTE WOCHE HABE ICH ZEIT.

... Shizuka!

Jetzt hab ich doch geantwortet ...

KAPITEL 13

Hier haben wir früher ziemlich oft gegessen, nicht wahr?

...

Also ... ... in diesem Restaurant war ich auch schon ewig nicht mehr!

Du auch?

Ah ... ja.

Ich glaube, ich nehme das Sonntags-Special.

!

... warum hast du heute ...

Ähm ... Kosuke ...

Ja, oder? Das ist echt lecker!

カチャ

KLIRR

PONG

Hier, jetzt ist es wieder ganz!

AH!

Es ist gefährlich, die Scherben mit bloßen Händen aufzusammeln!

Entschuldigen Sie bitte ...!

KNARR

Ja, natürlich! Alles Gute!

Es tut mir leid, es ist mein erster Tag heute und ich bin so nervös ...

WAH!

Vielen Dank ...!

Was?

Toll!

Das finde ich toll.

... jetzt setzt du es sogar für andere ein!

Damals, als wir uns gerade erst kennengelernt hatten, hast du dir immer wegen der Leute Gedanken gemacht, wenn du gezaubert hast, aber ...

Dadurch habe ich an Selbstvertrauen gewonnen ...

„Es ist doch eine großartige Begabung! Sie sollten stolz darauf sein!"

Das ist ...

... weil du mich getröstet hast ...

Als du als Kunde zum ersten Mal bei uns warst.

...

UAH!

Echt? Ist das lange her!

Ich schäme mich richtig ...

Wann hab ich denn sowas gesagt?!

Was ?!

M-hm!

... mich mit dir zu unterhalten.

Ich fand es damals total schön ...

ICH HAB'S!

... und sind in dieses Restaurant gegangen!

Und danach haben wir Telefonnummern ausgetauscht ...

M-hm!

M-hm!

Sollen wir es nicht doch nochmal miteinander versuchen?

Hm?

HAAAH!

Das war lecker! Lass uns wieder mal herkommen.

Ähm, ähm, was du gerade gesagt hast ...

ZACK

Warte, Kosuke!

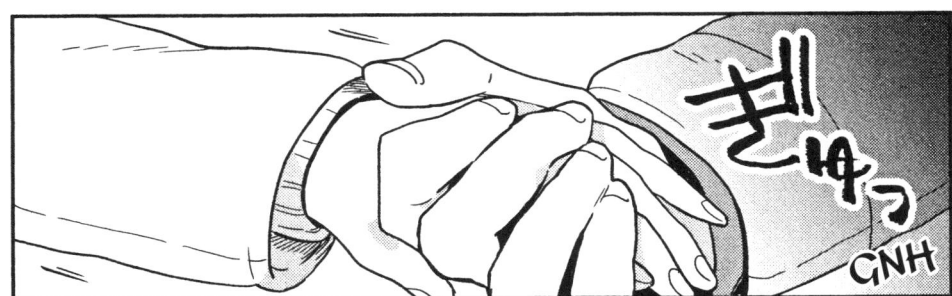

GNH

...

Hm?

Nimm mich auf dem Besen mit nach Hause, okay?

Ah ...

Okay.

KAPITEL 14

HAST DU GERADE PAUSE?

AH, SHIZUKA?

Tut mir leid, wir haben gerade unheimlich Stress ... ich glaub nicht, dass ich kommen kann.

TRAPP

TRAPP

TRAPP

Wir gehen heute feiern, kommst du mit?

Ich möchte dich den anderen noch mal vorstellen.

ES WÄRE SO PRAKTISCH, WENN DU DA WÄRST, WEIL DU MICH DANN MIT DEM BESEN HINFLIEGEN KÖNNTEST!

Ja, entschuldige. Grüß die anderen bitte von mir!

ACH SO ... DU ARME!

Echt schade ...

OWEH!

Die letzte Bahn ist gleich weg!

Klar haben alle viel zu tun, aber irgendwann muss auch Schluss sein ...

SCHÖNEN FEIERABEND!

Doch, ich bleib nur noch ein bisschen.

Gehst du noch nicht nach Hause?

... bei dieser Argumentation machst du ja nie Feierabend, oder?

Zugegeben, das stimmt, aber ...

... die letzte Bahn erwischen ...

Ich muss ja nicht ...

Du, Misono ...

...

Entschuldige ...

Ist schon lange her, dass wir so zusammen geflogen sind!

... wegen vorhin.

Danke ...

Schon okay.

....?

MEINE KOLLEGIN,
IHR BESEN UND ICH

Ich bin froh ...

... dass du heute nicht mit einem anderen Mann nach Hause gehst.

Hmm ...

!

Das war, weil er meinetwegen die letzte Bahn verpasst hat ...!

Mir sagst du ab, und dann?

Was?

... hat er mir als Dank dafür geschenkt, dass ich ihn gebracht habe ...

Pass mal auf!

Ah ... das ...

Und das da?

SO?

?!

Er heißt also Misono.

Misono ...

Hallo.

Ich bin Shizukas Freund.

Hallo.

MEINE KOLLEGIN,
IHR BESEN UND ICH

KAPITEL 16

ZACK

Was machst du denn, Shizu-ka!

Lass das doch!

ZUCK

Wenn du unbedingt willst, dass die Scherben aufgehoben werden, dann mach ich das für dich.

Du wirst dich noch schneiden.

Das war wirklich lustig damals!

Auch als wir uns das erste Mal begegnet sind.

Du warst immer schon so tollpatschig.

Es tut mir so leid ...

E...

Vor zwei Jahren ...

KULLER

TRIEF

Ja...

Sie träumen zu viel. Holen Sie etwas zum Abtrocknen!

Entschuldigung! Entschuldigung!

Was machen Sie denn, Frau Hoshino?!

VERBEUG

VER-BEUG

Ich finde den Weg nicht ...

Wo bleiben Sie denn?

ÄHM...

Seit ich in Tokio bin, ist es immer das Gleiche ...

P
S
C
H
H
H

Die Türen schlie-ßen!

Ah!

Aus dem Weg.

WOMM

Ich will aussteigen.

Ich bin ein hoffnungsloser Fall ...

FLÜSTER

Hoshino ist so düster!

Man traut sich kaum sie anzusprechen!

FLÜSTER

Sind Sie nervös?

Tee zu verschütten ist aber ein echtes Klischee!

AHAHA

Keine Sorge! Machen Sie sich keinen Kopf!

Äh ... Ähm ... ja ...?

Hm?

Sie sind nun mal Neuling, da ist das doch normal.

Dürfte ich kurz ...

Ähm ...!

Heute ist es so heiß, das trocknet bestimmt schnell.

...

POWAH

Bitte entschuldigen Sie, dass ich Sie berührt habe.

B...

...

Ich denke, jetzt müsste es trocken sein.

Was?!

War-um?

...

HAT ER GERADE „HEXE" GESAGT?

MURMEL

Nanu ... haben Sie es etwa niemandem gesagt?

MURMEL

Ah!

Ähm, ich äh ...

Sind Sie eine Hexe?!

Eine Hexe zu sein ist doch eine großartige Begabung!

Sie sollten stolz darauf sein!

„Genau! Man weiß ja nie, was sie vorhat!"

„Sie lächelt zwar immer so harmlos, aber sie ist eine Hexe! Was, wenn sie einen verflucht oder so!"

Seien Sie ruhig selbstbewusst!

Zaubern ist etwas, das nur Sie können!

... in Kosuke verliebt.

Damals habe ich mich ...

Sehen Sie!

...

HM?

Sie könnten mit dem Besen zu Kunden fliegen!!

Na sowas, erzählen Sie uns das doch!

Sie sind eine Hexe, Frau Hoshino?!

WAH

Ich freute mich unheimlich, als wir ein Paar wurden.

KAPITEL 17

Möchtest du meine Freundin werden?

Ich war nicht mehr allein ...

Sie sind alle sehr nett!

Wenn du keine Freunde hast, weil du neu in Tokio bist, komm doch mal mit in die Kneipe!

... ich bekam Anerkennung aus meinem Umfeld ...

Ihre Leistungen sind auch prima! Weiter so!

Sie sind neuerdings viel fröhlicher, Frau Hoshino!

Dank Kosuke ...

... änderte sich meine ganze Welt.

... wirst du verletzt werden.

An- sonsten ...

Shizuka!

Das Taxi wartet da hinten.

ZERR

Gehen wir.

Ich hab alles aufge- hoben.

... tut mir leid!

... das mit den Keksen ...

Misono- kun ...

Wa ... Warte!

!

MEINE KOLLEGIN,
IHR BESEN UND ICH

KAPITEL 18

ICH KANN DICH NICHT VERGESSEN!

KOMM BITTE ZU MIR ZURÜCK!

...

JA ...!

HAHAHA

ÄCHZ

Frauen, die immer so über sich bestimmen lassen, sind einfach zu blöd!

...

Der Typ war der totale Widerling!

Wieso kehrt sie zu ihm zurück?

...

COMEDY-LEGENDEN

Du bist wieder mit dem Typ zusammen?!

Waaaaaas?!

...

Hörst du mir zu?!

Und dich hat er immer plötzlich angerufen und als Taxi missbraucht!

ZACK

... gesagt, und das habe ich ihm nicht verziehen!

Leguane haben so komische Gesichter!

Ich bin absolut dagegen! Er hat damals ...

HAHAHA

Aber ich konnte nicht Nein sagen ...

Ich wollte das gar nicht.

Ich verabscheue mein ...

... jetziges Ich.

... die ganze Zeit so unentschlossen.

Darum bist du ...

...

Aha.

Das ist idiotisch.

Genau wie früher ...

... leistest du nie Widerstand, damit es nur keinen Ärger gibt...

... und ziehst immer den Kürzeren.

....

„Sind das nicht die Aufgaben, di deine Freundi machen sollte?"

ブ
ッ

**He,
Shizu-
ka!**

**Das ist
Kosuke!**

！

ZACK

BBBBH

KOSUKE

ふ
き

SCHWEB

**A...
Aber...**

**... wird er
sauer..!**

**... wenn
ich nicht
rangehe
...**

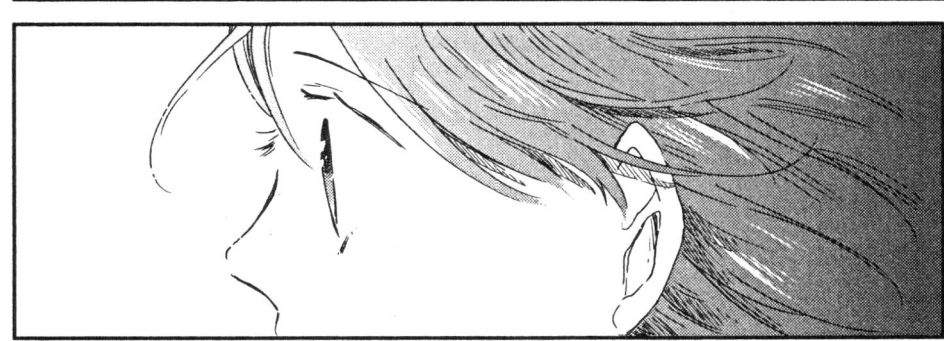

Ich
...

... muss
mich
ändern
...!

Richtig!

Lass
das
Handy
liegen!

Wenn
ich ihn
das
nächste
Mal
treffe
...

... sage
ich ihm,
dass ich
Schluss
machen
will ...!

Ja,
die ist
echt
gut!

Ich
liebe diese
Nummer!

Hiiii!

Was
möchtest
du machen?
Comedy
gucken?

MEINE KOLLEGIN,
IHR BESEN UND ICH

UH...
Das ist ja blöd!

Die Hochzeit rückt in immer weitere Ferne.

Und dann ist mir klar geworden, dass mein Freund überhaupt nichts gespart hat ...

KAPITEL 19

DU ARME!

Dabei dachte ich, er ist einer, der diese Dinge im Griff hat!

... wünscht man sich jemanden, der sich gut um einen kümmert, nicht wahr?

Als Partner ...

Okay! Wir hören dir nachher in der Kneipe zu, jetzt wird gearbeitet!

Mein Freund ist mega-lieb zu mir!

Das versteht sich doch von selbst!

Nanu?

Da ist ja Shizuka!

Trinkt ihr mit uns?!

Kreisch! ♡ Die Kollegen von Fuyuta! Danke für die gute Zusammenarbeit!

...

Ähm ...

Was?! Wissen sie das nicht?!

GAAAH! NEE, ODER?!

Seid ihr zwei ...

WAS? Der Vorname?!

MURMEL

... setzt du dich neben mich?

Shizuka ...

Es tut mir leid.

Das war gemein von mir.

...

Ich habe neulich etwas zerbrochen, was du geschenkt bekommen hattest.

Ah ... na ja ... stimmt schon ...

Er hat sich die ganze Zeit Vorwürfe gemacht!

Verzeih ihm, Shizuka!

Aber deswegen kannst du doch meine Anrufe nicht ignorieren!

Ich hab dich angerufen, um mich zu entschuldigen!

Ihr zwei ...

... werdet doch heiraten, oder?

Nein, das ...

Das ist wunderbar!

Sich aufrichtig entschuldigen, wenn man sich gestritten hat ...

Herzlichen Glückwunsch!

WAH!

Waaaas?!

... liebe Shizuka wirklich ...

... also

... ich ...

LOS, DARAUF STOSSEN WIR AN!

Ieks!

Ich werd gleich selber rot!

ALTER!

Ich werde dich auf gar keinen Fall heiraten!

Mit so jeman- dem ...

... will ich nicht zusam- men sein.

MURMEL

HÄ...

Was ist los ...

MURMEL

Ist das wahr ...?

MURMEL

MURMEL

Shizuka ?!

Ich gehe!

STÜRM

Ja ...

Vielleicht kommen deine Gefühle beim Fliegen ein bisschen zur Ruhe.

KAPITEL 20

!

Ein Glück! Du bist noch da ...

ZACK

Shizuka!

Ich möchte mit dir allein reden.

...

Bitte!

...

Ich ...

... hab das Gefühl, ich ...

... muss mich jetzt stellen...

GNH

!

Aber ...

... gehe mit.

Misono, ich ...

Vielleicht glaubst du mir nicht, aber ...

... ich liebe dich wirklich.

Ich...

... wusste nicht, dass du so denkst...

...

Ich war eben ...

... ganz erschrocken.

AUF GUTE ZUSAMMEN-ARBEIT!

KLATSCH

KLATSCH

KLATSCH

Ich ...

... habe dir doch von meinem Misserfolg ...

... in der Zweigstelle erzählt.

... da dürfte die Zweigstelle hier eine Kleinigkeit sein!

In Tokio bin ich super zurecht-gekom-men ...

Um Himmels Willen!

Womöglich toppst du unseren Spitzen-umsatz!

Du bist also das Ass aus Tokio!

HAHAHA

Hm?

Äh, das ... so ein Stapel?

FLATSCH

Das hier sind die Fälle für dich, Hiwatari!

SPÄH

SPÄH

Das ist bei uns normal ...

Kriegst du das nicht hin?

Ah, der Hexer, nicht wahr?

Sein Vorgänger Mayama war natürlich ein hervorragender Mitarbeiter.

Er hat den Auftrag nicht erteilt und die Fabrikation gestoppt ...

Hiwatari hat neulich einen Kunden verärgert ...

TUSCHEL

Wir hatten so große Hoffnungen in ihn gesetzt! Irgendwie enttäuschend!

...SCHIEDSFEIER

TUSCHEL

I...

Irgendwie ...

Wieso?!

Hä?!

War irgendwas, Kosuke ...?

...

... ir-gendwie ...

Haha!

Kann sein, dass ich versagt habe ...

... hatte ein viel höheres Level, als ich dachte.

Ach, na ja, die Zweigstelle, in der ich war ...

Du machst dir deswegen Gedanken, das zeigt doch, dass du ein großes Verantwortungsgefühl hast!

Du hast nicht versagt.

... das hat mich damals wirklich gerettet.

Und mir wurde klar, dass ich dich liebe.

Dass du mich so siehst, wie ich bin ...

... ich habe mich gehen lassen und dir eine Menge Unangenehmes zugemutet.

Aber ...

... es tut mir leid ...

Aber sag bitte nicht, dass du mich verlässt.

Ich werde dich nie wieder verletzen.

MEINE KOLLEGIN, IHR BESEN UND ICH

KAPITEL 21

Abteilungsleiter!

O...

Okay!

Weiter so!

Wirklich?! Das haben wir den Unterlagen zu verdanken, die Sie zusammengestellt haben!

Firma A hat den Fall überprüft und will uns die Sache überlassen.

Äh?

Ach, nicht doch ...

Da möchte ich mir was abgucken!

Du bist ja in Topform!

Ah, ähm ...

... ich habe heute noch zu tun ...

Tut mir leid!

Okay?

Mit dem Besen bist du doch schnell da, oder?

Und hier! Kannst du das bitte zu der angegebenen Adresse bringen ...

DZUMM

120

Dabei hatte ich mir vorgenommen, ihr meine Gefühle zu gestehen, wenn sich alles beruhigt hat.

Na ja, eigentlich kein Wunder nach dem, was passiert ist.

Im Ernst jetzt?

Misono!

... mich noch gar nicht richtig bedankt ...

Ich habe ...

G...

Gut, dass ich dich noch eingeholt habe ...

Kollegin!

... und ich habe auch das Gefühl, ich habe ein bisschen mehr Selbstbewusstsein.

... Dinge auszusprechen ...

Dank dir schaffe ich es ...

... fühle mich gerade unheimlich wohl!

Ich...

Na, was soll's!

Keine Ursache.

Fürs Erste ...

Danke!

MEINE KOLLEGIN,
IHR BESEN UND ICH

KAPITEL 22

SOUVENIRS

SHINKANSEN
RICHTUNG TOKIO

MURMEL

MURMEL

...

Als du mit
diesem Mistkerl
zusammenwarst,
hat er dich den
ganzen Urlaub
in Beschlag
genommen!

In
den zehn
Tagen Win-
terurlaub
konnte ich
richtig ent-
spannen!

Zuhause
ist es
doch am
schönsten!

AHAHA

Nein,
da gibt es
keinen!

Wenn
dich einer
interessiert,
schau ich ihn
mir für dich
an!

Wie
läuft's
so?

Ihr
seid
jetzt
schon
zwei
Monate
getrennt,
oder?

Hä?

POFF

AH!

Warte, ich hab noch nichts fürs Büro ...

Wenn wir uns nicht beeilen, verpassen wir den Shinkansen!

Wo bleibst du denn??

?!

Apropos, er isst oft Schokolade ...

Die mag er bestimmt ...

MILCH-SCHO-KOLADE

KNUSPERSCHOKOLADE

SWEET

CHOCO

Irgendwas stimmt doch nicht mit mir ...!

Was ist mit mir los ...

COOL, DAS IST SELTEN!

SCHRECK

Du hast doch gesagt, du kaufst Reiscracker, weil euer Abteilungsleiter Salziges mag!

SCHOKO!

WAH!

Was ist denn?

Hast du heute Abend Zeit?

Misono!

Sie wollen mit uns feiern gehen!

Da sind doch diese Mädchen, die wir kennengelernt haben, als wir am Jahresende Snowboard fahren waren!

FLApp

Hah!

FLApp

FLApp

Anscheinend hat eine von ihnen ein Auge auf dich geworfen!

TORKEL

Und süß waren sie alle!

War das lustig, wie die Mädchen Misono beim Snowboarden umschwärmt haben!

Vor allem muss ich diese Daten schnell zusammenstellen ...!

Wa...

Warum bin ich so irritiert ...?

TACKER

TACKER

TACKER

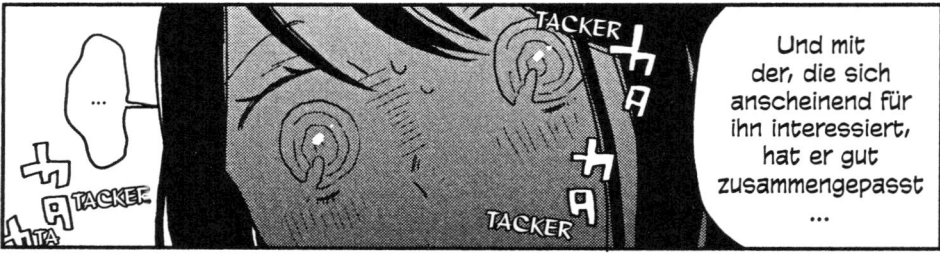

...

TACKER

TACKER

TACKER

TITA

Und mit der, die sich anscheinend für ihn interessiert, hat er gut zusammengepasst ...

BRITZEL

BRITZEL

BRITZEL

Die zwei werden bestimmt ein Paar!

WOMM

Wirklich ...

... was ...

... ist nur mit mir los?

...

Endlich fertig.

SCHNIEF

Mein Herz tut weh ...

KLACK

!

Nanu ...

... Kollegin?

Du bist immer noch im Büro?

Ich hab zuhause gegessen und TV geguckt ...

Ich bin echt froh, dass es mir noch eingefallen ist.

...

Hab was vergessen.

Dabei muss ich das morgen früh beim Kunden abgeben.

Äh ...

W-Was machst du hier?

Was?!

... mittendrin sind mir die Daten davongeflogen und ich musste nochmal anfangen ...

Ich hab Statistikdaten zusammengestellt, aber ...

Ah, ähm ...

Und was hast du so lange noch gemacht?

Kommst du klar?

Soll ich dir helfen?

Oh mein Gott!

Ich freue mich so!

Nein, alles gut.

Ich bin schon fertig.

Ach so! Ich ...

... bin in Misono ...

... verliebt!

MEINE KOLLEGIN,
IHR BESEN UND ICH

KAPITEL 23

Kein Ding.

Entschuldige, dass ich dich eingespannt habe, mit mir die Einkäufe für das Austauschtreffen zu machen ...

...

Und ich konnte Knabbereien aussuchen, die ich selbst mag.

Es hat mir Spaß gemacht.

!

PATSCH

AH!

Oh nein, ich hab weggeguckt!

Kollegin?

ZAPP

Ah,
ich ...

... glaube,
ich flieg
schonmal
mit den
Sachen vor,
die gekühlt
werden
müssen!

Alles
okay!

Alles
okay?

Tut mir
leid, tut
mir leid!

WAAAAH!

FLATSCH

Ich muss
schnell
zurück
und alles
vorbereiten.

Wenn
ich mit dir
zusammen
bin...

... habe
ich solches
Herzklopfen,
dass ich gar
nicht weiß,
was ich tun
soll ...

Fortsetzung
im nächsten
Band

Das kenne ich ...

Da...

BUBUM BUBUM BUBUM BUBUM

★BONK

Was ist los mit dir?

Du liest neuerdings nur noch Romance-Mangas ...

Band 1 ist gerade erst rausgekommen.

Komachi, wo ist die Fortsetzung?!

Das ist ...

... das erste Mal, dass ich mir wegen sowas ...

... Gedanken mache.

BUBUM

... deshalb würde ich ihn gerne ansprechen ...

Gestern sind wir so komisch auseinandergegangen ...

/... Ich brauche nur eine Gelegenheit ...

Misono, dir ist was runtergefallen!

Das ist es!

SCHWEB

Hier ...

... zwei
Kinokarten ...

Was?

AH!

Entschuldige,
das ...

Wah!

So
doch
nicht!

Aber...

Pass
auf, dass
du sie nicht
verlierst!

Ähm,
hier!

''

Danke! Ich freu mich total!

Doch!

OH! Aber wenn es dich nicht interessiert ...

Willst du ...

... nicht mitkommen ?!

Was hab ich gerade gesagt ...?

...

Was?!

SCHRECK

HIHIHI

Hab ich gelacht!

CINEMA

KAPITEL 24

Ja, total!

Der Schauspieler, der Kaneda gespielt hat, war super!

Das war echt lustig!

SCHRECK

... für eine Weile keine Beziehung möchte ...

... hat das heute wohl keine tiefere Bedeutung.

FIXIER

Da sie ...

Ja, gute Idee!

Gehen wir was essen? Ich hab Hunger!

MENÜ
LUNCHSET
TELLER
COFFEESET

Was hat sie sich dabei gedacht...?

Aber sieht sie heute nicht megasüß aus ...?

Ich kenne sie schließlich ...

Ich interpretiere sicher zu viel hinein ...

... ähm, dann nehme ich ...

Nein ...

Er ist zum Teilen gedacht. Wenn also Ihr Freund einverstanden ist ...?

Was?!

BFFFT

Entschuldigung, dieser Eisbecher ist exklusiv für Paare ...

Ich bin einverstanden.

Also ich habe nichts dagegen, wenn man uns ...

Entschuldige, aber für den Moment ...

... kann ich doch dein Freund sein.

... in Ordnung ...

Das ist ...

... absolut ...

... für ein Paar hält ...

WOMM

WAH!

Soooo, bitte sehr! ♡

In Ordnung? Was ist in Ordnung ...?!

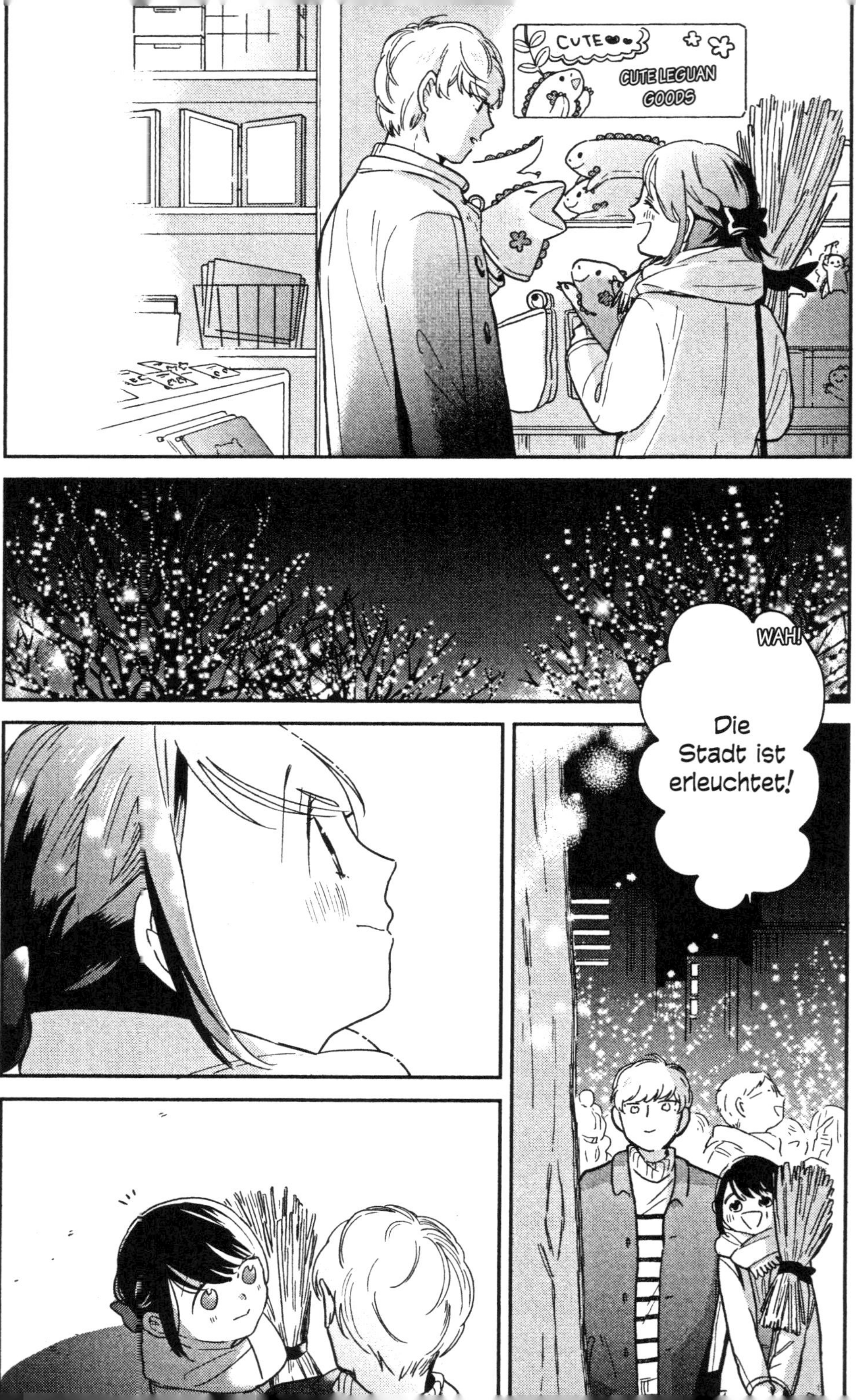
CUTE
CUTE LEGUAN GOODS
WAH!
Die Stadt ist erleuchtet!

Wir sollten aus der Menge rausgehen und ...

Vielleicht sollten wir fliegen und von oben schauen?

Es tut mir leid.

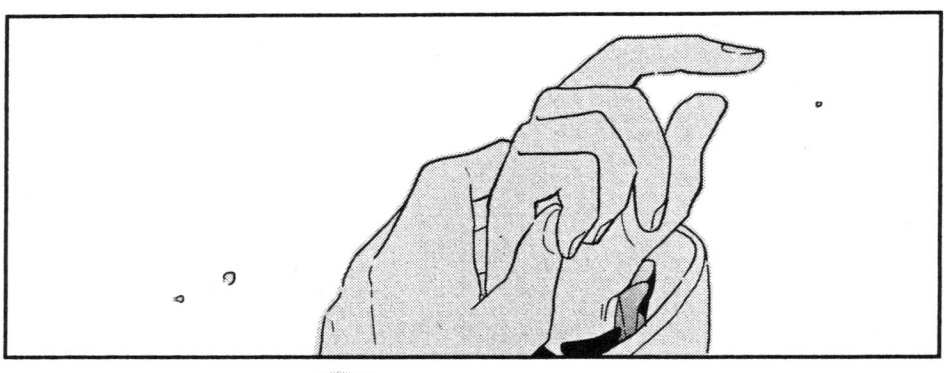

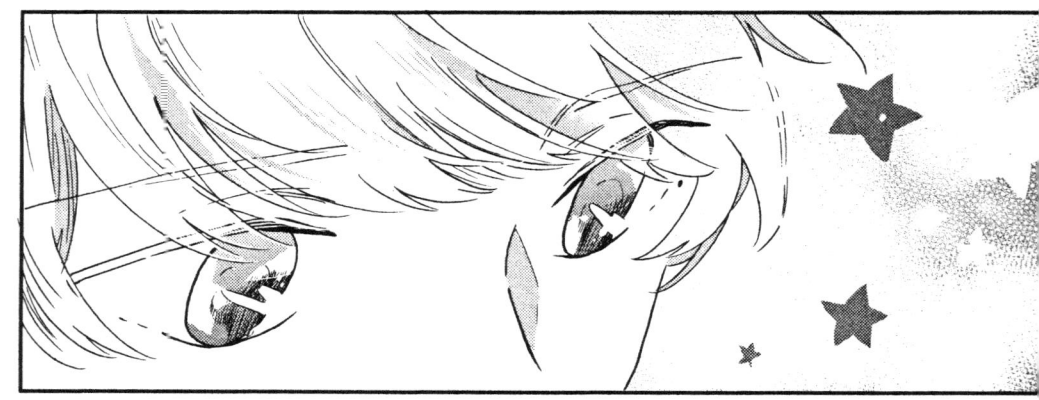

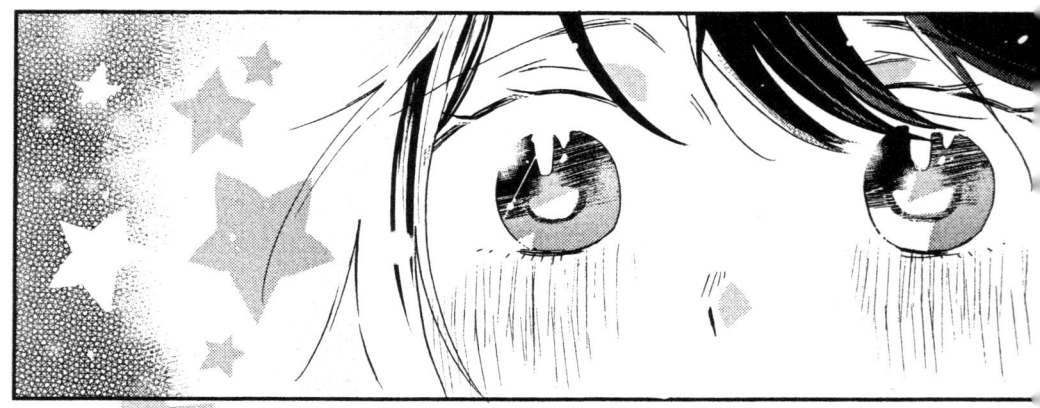

MEINE KOLLEGIN, IHR BESEN UND ICH

Ist Verkaufen schwierig für dich?

... ich würde mir wünschen, dass du dich noch ein bisschen mehr ins Zeug legst ...

Misono ...

Du bist, wie soll ich sagen ... nicht der Charmanteste, vielleicht liegt dir der Verkauf nicht?

Du hast ganz gut gestartet, aber seit du ein anderes Verkaufsgebiet hast, läuft es suboptimal.

Sowas hat man mir in meinem ganzen Leben noch nicht gesagt!

ド

FLATSCH

Wie bitte?

Schade ...

... es geschieht mir recht ...

Jetzt denken bestimmt alle ...

Zum ersten Mal muss ich über-stunden machen!

Mist!

HAB ICH EINEN HUNGER!

FEIERABEND!

Misono!

Gib alles!

Es ist völlig normal, dass es am Anfang noch nicht so glatt läuft.

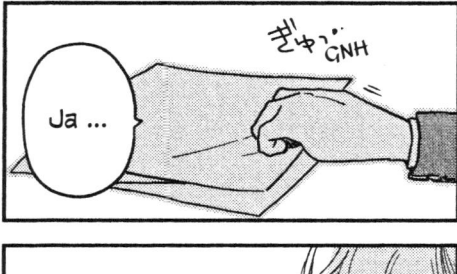

Ja ...

GNH

Was denke ich eigentlich?

Ähm ...

ALSO,
BEZÜGLICH
DES NEUEN
KUNDEN ...

HE,
MANN!

キャーーー

WAAAAH!

Hast du
deswegen die
Snowboard-
Party
abgesagt?!

OKAY ...

Die
Besprechung
beginnt.

Was?!
Also was
jetzt?!

?

DA
DRÜBEN IST
JA MÄCHTIG
STIMMUNG!

MEINE KOLLEGIN,
IHR RESEN UND ICH

- 2 -

MAKA MOCHIDA

MEINE KOLLEGIN,
IHR BESEN UND ICH

KAPITEL 25

ZACK

Äh...

Ähm
...

...

Gute
Nacht!

Entschul-
dige, ich
hab
plötzlich ...

Was?!

Ich
geh
nach
Hause!

In welchem Verhältnis stehen wir jetzt zueinander ....?!

BLAMM

Schönen Feierabend.

Sch...

Schönen Feier-abend.

...

Kollegin ...

W... Wir sind allein !!!

BADUMM

ZACK
ZACK

Ah
...

Okay!

Ich räume die Unterlagen weg.

Also
...

... schönen Feierabend.

BLAMM

Nanu ...?

DIE TEIGTASCHEN SIND GLEICH ALLE WEG!

SHIZUKA!

Es war irgendwie ... wie immer.

ドキー

BADUMM ッ

Ich hab vor lauter Grübelei die Zeit vergessen ...

GÄHN

Ah!

Möchtest du vielleicht mit mir auf dem Besen fliegen?

Ja.

Hast du auch Überstunden gemacht?

Nanu ...??

Nein, danke ...

KAPITEL 26

Hast du jetzt eine Freundin, Misono?!

Ich hab dich letzten Sonntag mit einem Mädchen gesehen ...

Echt?! Wie ist sie so?!

Das ist das Letzte! Mit einem Mädchen, das er nicht mal liebt ...

MIT SO JEMANDEM WILL ICH NICHT BE-FREUNDET SEIN ...

OH GOTT

...

UWAH, UWAH!

Der Typ ist widerlich ...

Sie ist nicht meine Freundin ...

Aber ich liebe sie total!

Sowas hab ich noch nie erlebt ...

... deshalb weiß ich nicht, was ich tun soll.

... könnte ich mich nicht mehr zurück-halten.

Ich fürchte, wenn ich mit ihr allein wäre ...

Aber wenn du so weitermachst, seh ich schwarz für dich!

Was denn?!

HIIII

HAHAHA

DAHAHA

Bist du in der Pubertät oder was?!

Deshalb nehmen alle Mädchen irgendwann Reißaus!

Bei dir weiß man manchmal nicht, was du denkst!

...

JA, ECHT!

...

PIEP
PIEP
PIEP
PIEP

38,2

FLAPP

Das fehlte noch ...

Muss ich mich ausgerechnet jetzt erkälten!

... nicht mehr mit ihr gesprochen!

... ganze drei Tage ...

Dabei hab ich ...

MEINE KOLLEGIN,
IHR BESEN UND ICH

Dein Fieber ist also schon gesunken!

Ach so!

KAPITEL 27

Mach dir keine Sorgen ...

Nein ...

Kann ich ... nicht irgendwas für dich tun?

Schon gut! Mir geht's prima!

Nein, das...

Ich kann dir mit Zauberei die Stirn kühlen!

AH! Wenn es schlimmer wird, sag Bescheid, ja?

Hä?

Ähm ...

Was machst du normaler- weise so zuhause?

Ich hab's schon wieder gemacht ...

...

178

... an dem du mir den Kaffee aufgewärmt hast.

... seit dem Tag ...

Ich mag dich ...

... immer für dich da sein.

Von jetzt an werde ich ...

Es tut mir leid, dass ich ...

... dich verunsichert habe.

... Misono ...?

ZZZZ

...

BUBUM
BUBUM
BUBUM
RATZ

Ach, du liebe Güte.!!

Ach, du liebe Güte ...

W-Was mach ich nur ...

Aber ich... hab jetzt schon solches Herzklopfen...

Ich hoffe, es wird gut mit uns beiden.

MEINE KOLLEGIN,
IHR BESEN UND ICH

Gute Nacht!

Keine Ursache.

Ähm ... danke, dass du mich nach Hause gebracht hast!

KAPITEL 28

Du bist ja auch heute so viel dienstlich herumgeflogen!

Tut mir leid, dass ich in der Bahn eingeschlafen bin ...

MMH

...

...

Gute Nacht!

S... So war das nicht gemeint !!

ST

Entschuldige!

Am 26.3., stimmt's? Hast du doch neulich gesagt!

...

Woher weißt du das?

Hast du nicht morgen Geburtstag, Misono?

Ich werde ihm den tollsten Geburtstag seines Lebens bereiten und dafür sorgen, dass der Tag eine fantastische Erinnerung für ihn wird.

Jawohl ....!

Okay ...

... wenn ich sagen würde, übernachte bei mir ...

... würdest du kommen?

Was ich mir wünsche?

AH!

Magst du Kuchen?!

Ja, gibt es irgend- was?!

War nur ein Witz!

...

...

Ich bin morgen im Außendienst.

Lass uns ein andermal Kuchen essen.

ACH, SEHR SCHÖN, SEHR SCHÖN!

Misono hat das Geschäft mit dem Kunden in Hokkaido wohl super hinbekommen.

Außendienst am Geburtstag? Der Ärmste ...

Ja gut, aber er hat gesagt...

... nicht viel aus- macht ...

... es ihm deshalb ...

... *dass in seiner Familie Geburtstage nie groß gefeiert wurden und ...*

NAOTO MISONO
ES KLINGELT

KOLLE- GIN?

...

ES TUT MIR LEID.

!

Herzlichen Glückwunsch zum Geburtstag!

ICH HÄTTE DIR SO GERNE PERSÖNLICH GRATULIERT.

... ich könnte mich zu dir zaubern.

Ich wünschte ...

PONG

Vielen Da...

Kollegin ...

MEINE KOLLEGIN,
IHR BESEN UND ICH

Hä?!
Wo sind wir denn ?!

Hä?

Warst du in der Nähe?

Ah!

Hm ...?!

RAPPS

...

Wie kommst du hierher ...

Kollegin ?!

KAPITEL 29

In Hokkaido.

Gibt es so eine Magie?

Was?

Hab ich mich hier hergezaubert?

Ich bin eben noch die Straße vor meinem Haus entlanggelaufen ...

...

Ich weiß nicht ...

I...

Ich kenne ...

... keine solche Magie ...

Kollegin ...

... was ...

... was mach ich denn jetzt?

... aber, ähm ...

Tut mir leid, dass ich hier so plötzlich aufgetaucht bin ...

DER CHEF VON MAGIC, DER FIRMA, DIE IM MAGIE-BUSINESS IN ALLER MUNDE IST!

UND NUN UNSER HEUTIGER GAST!

... sollen wir nicht erstmal was essen?

RASCHEL

WIR BEFRAGEN DEN CHEF EINER HEXENFIRMA – DAS GEHEIMNIS SEINES GESCHÄFTSERFOLGS –

ALSO MAGIE, WAS HEISST DAS GENAU? KANN MAN SICH DAMIT ZUM BEISPIEL AUCH TELEPORTIEREN?

NEIN, ALSO DAS DANN DOCH NICHT!

DAS WÄRE JA GRUSELIG, WENN MAN DAS KÖNNTE!

HAHAHA

WAHAHA

Ich habe mich wieder einigermaßen beruhigt!

Keine Sorge!

Kollegin ... ähm ...

BIEP

Danke.

Vielleicht hatte ich nur Hunger ...

Wohin gehst du?

!

Schön!

Also, dann ...

Schreck!

A-Ach so ...!

Ich sage Bescheid, dass wir das Zimmer mit zwei Personen benutzen.

Na ja, zur Rezeption.

Ja.

Also, ich geh ins Bad.

...

I...

Ich komme mit.

ST
ST
ST

KLACK

Ich wollte dich etwas fragen.

Ja, ich hab dich gestern angerufen ...

Hallo, Mama?

KAPITEL 30

Ah! Warte mal kurz!

Oh, wirklich?

Ja, in Ordnung.

Kommst du mit?

Ko...

Ich will nach Hause fahren, um meiner Mutter ein paar Fragen über Magie zu stellen ...

Misono ...

VRUOMM

Nein.

Plötzlich mit mir nach Hause zu fahren ist dir bestimmt unangenehm, oder?

Tut mir leid!

RATTONG

AH!

Hatte ich das nicht erzählt?

RATTANG

Du kommst also aus Hokkaido!

Das sagt sich so leicht ...

Ich möchte mich deiner Mutter gerne vorstellen.

Aber natürlich bin ich nervös ...

AH! Shizuka, du kommst nach Hause?
Guten Tag!
Bist du heut nicht mit dem Besen unterwegs?
Sonst bist du ja immer durch die Luft geflogen und in den Bäumen hängengeblieben!
AHAHAHAHA
Aber da war ich doch noch ganz klein!
Bevor sie nach Tokio kam, hat sie an einem sehr friedlichen Ort gelebt ...
Jetzt sind wir allerdings schon ziemlich weit ab vom Schuss ...
Gibt es hier Häuser?
GNH

MEINE KOLLEGIN,
IHR BESEN UND ICH

MEINE KOLLEGIN,
IHR BESEN UND ICH

... heißt das, du hast Misono sehr, sehr gern.

Nun ...

... mit anderen Worten ...

Und dann ...

... hast du dich also plötzlich hergezaubert.

KAPITEL 31

Liebe lässt sich nicht aufhalten.

...

„Was?!" Aber das weißt du doch wohl selbst!

Was?!

FIXIER

Ich akzeptiere alles.

Kein Pro-blem.

Aber ...

Es tut mir leid. Schwierig mit einer Hexe, was?

...

M-hm ... ja ...

Ah ...

... heißt das, wir beobachten das Ganze erstmal.

Dann ...

Deine Liebe ist erdrückend! Ich komm damit nicht klar.

Tut mir leid. Ich kann es nicht kontrollieren.

Hast du dich schon wied teleportier. Das ist sch das fünft Mal!

Ja...

Das wird schon wieder.

Hä?

Und, wie war eure Reise zu zweit?

...

Also wieder das Übliche ...

Es ist eigentlich ... nichts ...

Ähm...

MANN!

Ich hab mich ganz schön erschreckt, weil du so lange weggeblieben bist!!

Tut mir leid!

MEINE KOLLEGIN,
IHR BESEN UND ICH

KAPITEL 32

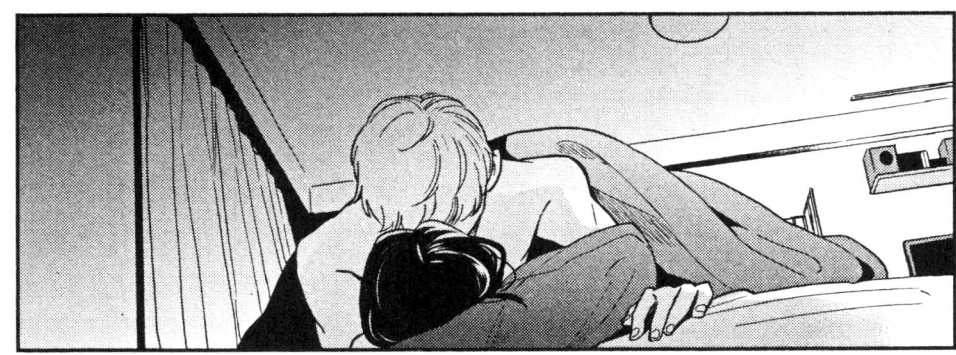

...!

Ah...

Guten Morgen!

Hä?

Ja ...

... ähm ...

Hast du gut geschlafen?

G...

Guten Morgen!

Nein ...

Du warst total süß.

Entschuldige! Ich bin gestern plötzlich hier gelandet, und dann ...

Oh je ... das ist mir so peinlich ...

は
SCHRECK
っ

Ähm ...

Irgendwie
hab ich ihn
plötzlich
geküsst!

...

Das war so überraschend ...

Äh...

Warte mal kurz.

Ich möchte dein Gesicht sehen, Misono.

Nein, unmöglich.

Das geht jetzt nicht.

Was hast du denn am Wochenende gemacht, Hoshino?

Geben wir unser Bestes!

WAAAH

Und wieder fängt eine Woche an!

Was?!

3

9 10

7 8

5 6

KAPITEL 33

3

4

Äh ...

Ähm ...

DRÄNGEL

DRÄNGEL

DRÄNGEL

PLIIING

Ich hab rumgehangen.

JA, DARAUF LÄUFT'S HINAUS, WAS?

4

!

PRESS

PRESS

ARGH! War das eng!

PLIIING

DSSSS

Es ist schon vorbei ...

Ich konzentriere mich so stark, um mich abzulenken ...

He, das ist aber nicht ganz das passende Gesicht beim Comedy gucken!

Wieso bedaure ich das ...?!

WAHAHAHA

Das ist ja fast, als ob ...

Ansonsten denke ich wieder irgendwas Seltsames ...

Äh ...

GRABB

Hä?!

Was meinst du mit auf die Nerven gehen?

Ah... tut mir l...

Kollegin ...

... wegen gestern ...

Wenn ich zaubern könnte ...

Und ...

... würde genau das Gleiche passieren.

MEINE KOLLEGIN,
IHR BESEN UND ICH

Wollen wir als Nächstes damit fahren?

Misono!

KAPITEL 34

... deshalb ...

Ich wollte schon als Kind immer ins Starland ...

Ah ... Äh?

Ich wusste nicht ... dass du so gerne in den Freizeitpark gehst!

Heute muss ich ihm wirklich eine Antwort geben ...

Okay!

Dann fahren wir mit allem, womit du fahren möchtest!

Wegen des Zusammenziehens ...

'st dir schlecht geworden?! Bist du okay?!

Ja, ich kann ganz schön was ab.

PLIIING

Du hältst was aus, Kollegin ...

PATT

Tut mir leid! Ich bin so aufgekratzt ...

Ja.

WAAH!

Toll ...

Wunder-
schön!

...

Deshalb
...

... wäre
Zusammen-
ziehen ...

Ich
kann mir
vorstellen,
wie es sein
könnte, wenn
ich jeden
Tag mit dir
zusammen
wäre ...

Der
Tag hat
unheimlich
viel Spaß
gemacht!

MEINE KOLLEGIN,
IHR BESEN UND ICH

KAPITEL 35

Ähm, kann ich dich kurz sprechen?

Hm?

OKAY!

Heute ist Party mit den Leuten von der KITA-Company.

Wer fertig ist, geht schon mal ins Restaurant!

SCHÖNEN FEIERABEND!

Kann es sein, dass ihr zwei zusammen seid?

Nein...

... das ist ja lustig!

Ich hab ein Paar gesehen und dachte, „Die sehen aus wie Shizuka und Misono"!

FREU

FREU

Ihr wart letzten Samstag im Starland, nicht wahr?

Fh!

Ach so, also nicht? Ich hätte es so spannend gefunden!

Hab ich jetzt plötzlich einen Freund?!

WAAAS?!

Hast du einen Freund, Kollegin?

HAHA

HAHAAA

WAHA

BADUMM BADUMM

BADUMM

BADUMM

Ach...

Ich glaube, wir müssen uns einfach nur wie immer verhalten.

SCHRECK

Aber heute sollten wir nicht zusammen nach Hause gehen.

Was?!

AH, DA IST SHIZUKA!

OKAY, GEHEN WIR!

Demnächst wieder!

Keine Sorge!

Dito!

... auf gute Zusammen-arbeit auch bei unserem diesjährigen Projekt!

Miso-no...

LÄRM

LÄRM

Diese eine Mitarbeiterin namens Hoshino hat sich irgendwie verändert ...

Als sie uns letztes Jahr bei der Aus-stellung geholfen hat ...

... wirkte sie sehr zurückhal-tend ...

Sie ist jetzt viel offener...

Richtig süß!

Sie hatte ziemlich viel getrunken! Hoffentlich kommt sie klar!

Sie wollte nach Hause.

Was ist mit Shizuka?

Alle, die noch weiterziehen, hierher!

MURMEL

MURMEL

Ein Kollege von der KITA Company hat ihr angeboten, sie zu begleiten ...

... geht sie nicht ...

... ans Handy ...

Nein...

BRAUS

Wenn er sie anrührt ...

... bring ich ihn um!

GEFÜLLTE HEFEKLÖSSE IM ANGEBOT 100 YEN

100円

Misono ...?

Misono!

TRAPPEL

TRAPPEL

Was machst du denn hier?

Tut mir leid, so in der Öffentlichkeit ...

Ich bin betrunken ...

SCHRECK は...

Mmh ...

WÄLZ

KAPITEL 36

Ich hab mich einfach neben dich gelegt.

Du hast dich gestern Nacht im Schlaf zu mir teleportiert ...

Wah?!

Nein, es geht ..

Tut's weh?

Nein ...

... ich hab mich auch viel zu sehr aufgeregt.

Es tut mir leid.

Ähm ...

Essen wir?

Ja!

Wirklich?!
Das freut
mich!

Das war
lecker!

... habe
ich heimlich
Tomaten in
das Curry
gemacht...

Ehrlich
gesagt
...

Wieso
grinst
du so?

Hä
...?

Juchhu!

Es
war ein
Erfolg!

Kollegin
...

YAAAAY!

WOMM

Ich...

... lass auch nicht alles mit mir machen, weißt du?

Ha...

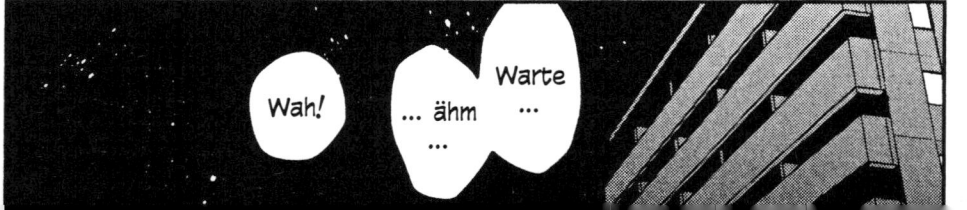

Wah!

... ähm ...

Warte ...

MEINE KOLLEGIN,
IHR BESEN UND ICH

MEINE KOLLEGIN
IHR BESEN UND ICH

KAPITEL 37

SLLLL

Und das Meer sieht wunderschön aus!

So ein schöner blauer Himmel!

... geniere mich eben ...

Ähm ... Ich ...

...

Wie lange willst du die Jacke noch anlassen?

FLAPP

...

Ähm
...

AH!
Warte
...

Aber so kannst du doch gar nichts machen!

Ja, ich weiß! Ich weiß!

Du siehst echt zu süß aus.

Jetzt hab ich ein Problem.

Er hat mich drange-kriegt ....!

PLÄT-SCHER

PLÄT-SCHER

Also bist du bereit?

Sehr gut!

Ehrlich gesagt will ich gar nicht, dass dich jemand außer mir sieht.

?!

Ähm...

... ich hab ver-standen, lass uns einfach gehen!!

258

Es gibt bald ein Feuerwerk.

Und ...

Was wollen wir in diesen Sommer denn noch so unternehmen?

VRUOMM

... wie wäre es, wenn wir ... auf Wohnungssuche gingen ...

... mit dir zusammen-ziehen ...

Ich möchte ...

Natürlich!

Es ist fantastisch!

Die Wohnung ist hell und Haustiere sind erlaubt ...

Der Bahnhof ist nah, es gibt viel Stauraum ...

Und, was meinen Sie?

Was?

Die Fenster sind schön groß, da kannst du gut raus- und reinfliegen.

EHE EHE

Hier würde ich gerne den Besen hinstellen!

Ähm ... es tut mir fürchterlich leid, aber ...

Ja!

Sind Sie vielleicht eine Hexe?

Ich glaube, diese Wohnung ist gut.

... deshalb nimmt der Besitzer keine Hexen mehr als Mieter an ...

... die Hexe, die hier vorher gewohnt hat, hat mit ihrer Zauberei Probleme verursacht ...

266

RATTONG RATTONG

Wenn ich keine Hexe wäre ...

Das ist ...

ERSCHÖPFT

ぐったり...

Dabei dachte ich, das ist endlich mal eine schöne Wohnung ...

Wir finden garantiert eine noch viel schönere Wohnung!

Aber daran kann man nun mal nichts ändern!

Lass uns auch noch zu anderen Maklern gehen.

Ja!

LODER

SCHRECK

MURMEL

MURMEL

Hoshino und Misono...

MEINE KOLLEGIN,
IHR BESEN UND ICH

Voll der Schock! Ich fand Misono eigentlich ziemlich gut ...

HEY...

Misono ist mit Hoshino zusammen?!

DAMENUMKLEI

KAPITEL 39

Man sieht es ihr nicht an, aber Hoshino ist alles andere als schüchtern!

Wenn Misono mit so einer zusammen ist, bekommt mein Bild von ihm echt einen Knacks.

HÄ, MOMENT!
Hatte sie zu der Zeit nicht nen Freund?

Da hatte sie es doch garantiert schon auf ihn abgesehen!

Ich hab gehört, dass sie ihn neulich auf dem Besen mitgenommen hat, als die letzte Bahn schon weg war ...

Misono!

Wegen der Sache mit Hoshino ...

?!

Ich leg mich bei der Arbeit ins Zeug!

Du bist bei den Kunden sehr beliebt, deshalb ...

... wäre es etwas unangenehm, wenn sich irgendwelche Gerüchte ausbreiten ...

Ist es wahr, dass sie dich verhext hat?

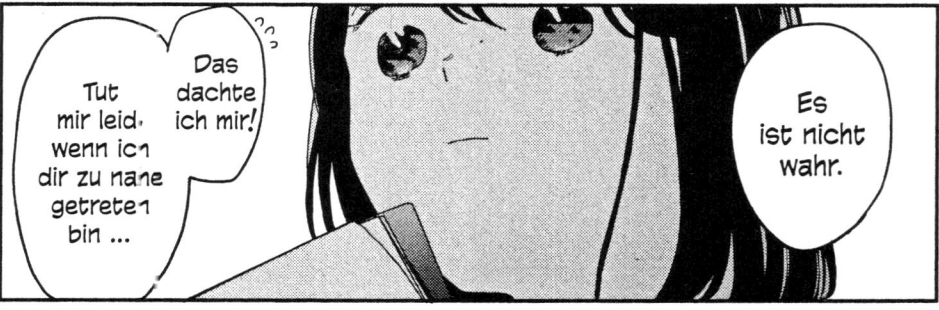

Das dachte ich mir!

Tut mir leid, wenn ich dir zu nahe getreten bin ...

Es ist nicht wahr.

Misonos Image wird schon wieder beschädigt ...

... mit dem ganzen Gerede, weil du mit einer Hexe zusammen bist ...

Nun, aber es ist sicher auch nicht einfach für dich ...

MEINE KOLLEGIN,
IHR BESEN UND ICH

MEINE KOLLEGIN,
IHR BESEN UND ICH

MISONO

YOSHII

XY PORZELLAN
(HERR WATANABE)

AUSSENDIENST
ZWEIGSTELLE
OSAKA
(-MÄRZ)

15:00-
XY INDUSTRIES

Er geht für ein halbes Jahr in die Osaka-Zweigstelle.

Ist Misono schon wieder im Außendienst?

... wegen all der Gerüchte, meine ich.

Na ja, vielleicht passt es gerade ganz gut ...

KAPITEL 40

Kaum wohnen wir zusammen, und dann sowas ...

Tut mir leid!

Und ein halbes Jahr ist schnell vorbei!

Ach, das ist doch nicht deine Schuld.

Aber vielleicht ... fällt es mir doch ein bisschen schwer ....

Entschuldige, falls ich mich wieder versehentlich zu dir zaubere.

M-hm ...

Ich komme so oft wie möglich nach Hause.

Mach dir keine Sorgen!

... denkt eben schon an die Zukunft.

Ja, Misono ...

Ich lass mich von sowas nicht unterkriegen!

KLACK

Willkommen zuhause!

Bin wieder da!

OH!

Willst du baden?

Ähm, ich hab schon gekocht!

Nach einem Monat bin ich richtig nervös ...

Aber vorher ganz kurz ...

Ja.

... möch-test du ein Eis?

Misono ...

Du wirst
dich erkälten,
wenn du dort
einschläfst!

TELEFON

Ja,
pass
auf dich
auf!

Also,
bis dann!

KIRAMEKI 110   13:20 HAKATA
                                GLEIS 22
HOSHI   221   13:27 SHIN-OSAKA
                                GLEIS 2'
KIRAMEKI 13   13:40 NAGOYA
                                GLEIS 2
KIRAMEKI 622   13:51 HAKATA

Sein
Job in
Osaka ist
stressig
...

... mutet
er sich
nicht zu
viel zu.

Hoffentlich
...

Auf
einmal
...

Was?!

Hä?

Wer
ist das?

Kollegin
...

SCHRECK

Verzeihen
Sie bitte!
Das
ist ein
Versehen!

Ähm!

Oh,
also
das
ist ...

MEINE KOLLEGIN,
IHR DESERT UND ICH

...

KAPITEL 41

チチチ
ZWITSCHER

Gestern bin ich einfach wieder zurückgeflogen ...

Was mach ich nur ...

08:54

Ach, du meine Güte!

Ich muss mich beeilen!

ZACK

Ich muss mich ... bei ihm entschuldigen.

Ich muss mich ...

Was ich gestern im Eifer des Gefechts gesagt habe ...

Ja ...!

Können Sie mit der Bahn hinfahren? Gerne auch später ...

Es kommt eben auch bei der Zauberei vor, dass es plötzlich mal nicht funktioniert.

Ach nein, tut mir leid!

Ein echter Schock.

Aber ... es ist, als hätte ich meine Persönlichkeit verloren ...

Alles in allem ist es nicht weiter schlimm ...

... und war egoistisch. Schrecklich!

Ich habe Misono verletzt ...

...

TUUUT

TUUUT

TUUUT

Mach's gut.

Überleg es dir bitte bis dahin.

Ich komme nächsten Monat noch einmal nach Hause.

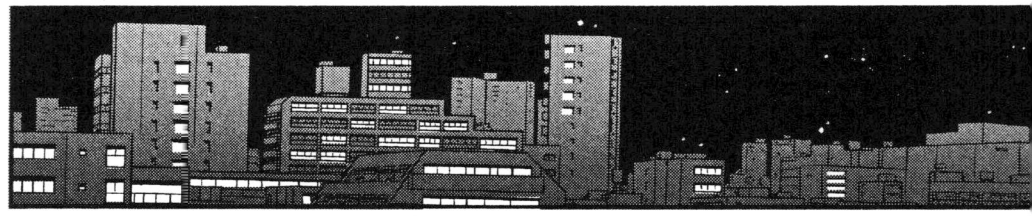

Was mach ich denn nur ...

Heute kommt Misono nach Hause ...

Ah, nein, ich gehe jetzt.

Machst du Überstunden? Soll ich dir helfen?

SCHÖNEN FEIERABEND!

B B B B H

Wir sollten uns besser trennen.

Die Antwort sollte eigentlich feststehen.

Wieso frage ich mich das überhaupt?

SHIZUKA HOSHIN

ES TUT MIR LE

VERSTANDEN.
GIB ALLES!

Mi-
sono!

Als ich gelesen habe, dass du nicht kommen kannst, habe ich solche Sehnsucht bekommen ...

Ich glaube, ich ...

Ich dachte, wenn ich hier warte, treffe ich dich vielleicht ...

Ähm ... ich hab den Shink-ansen bekommen ...

DRÜCK

Aber ich dachte, damit würde ich dir zur Last fallen ...

Ich kann auch nicht ohne dich leben ...

Aber ehrlich!

Sag sowas bitte nie mehr ...

Tut mir leid, dass ich so etwas Komisches gesagt habe!

MEINE KOLLEGIN
IHR BESEN UND ICH

KAPITEL 42

...

STARR

... ist es wie ein Traum, wenn ich aufwache und du bist da ...

Irgend- wie ...

Dabei bist du jetzt schon einen Monat wieder zurück ...

Wieso starrst du mich so an?

Ha!

...

...

10:12

SIE FLIEGEN TATSÄCHLICH! FANTASTISCH!

... ich gebe einfach mein Bestes.

Auch wenn ich nicht mehr zaubern kann ...

Stell dir vor ...

... ich kann demnächst dieses Projekt umsetzen, das ich schon immer machen wollte.

Kollegin, ähm ...

Das kann ich, weil du bei mir bist!

Ja!

Aber ich muss sagen, du siehst gut aus!

Das heißt, du hast den Richtigen getroffen!

Ich liebe ihn ...

... wirklich sehr!

UND HIER KOMMT DIE BRAUT!

MEINE KOLLEGIN,
IHR BESEN UND ICH

MEINE KOLLEGIN, IHR BESEN UND ICH BAND 2 / ENDE

MEINE KOLLEGIN, IHR BESEN UND ICH

Vielen Dank, dass du diesen Manga gelesen hast!!

Es war meine erste Serie, und die Unterstützung und Ermutigung vieler Menschen hat mir dabei geholfen, sie bis zum Schluss zu zeichnen. Vielen herzlichen Dank.

Special Thanks.

✿ MEIN/E REDAKTEURIN ✿ DER/DIE DESIGNERIN
✿ MEINE FAMILIE ✿ MEINE FREUNDE ✿ ALLE IN DER FIRMA

MAKA MOCHIDA

MEINE KOLLEGIN, IHR BESEN UND ICH

www.egmont-manga.de
Unsere Bücher findest du im
Buch- und Fachhandel und auf

www.egmont-shop.de

„Meine Kollegin, ihr Besen und ich" von Maka Mochida
Aus dem Japanischen von Antje Bockel
Originaltitel: „MAJO SENPAI NIPPOU"

Originalausgabe:
MAJO SENPAI NIPPOU volume (1&2)
© Maka Mochida (2020, 2021)
Originally published in Japan in (2020, 2021) by
Akita Publishing Co., Ltd.

German translation rights arranged with
Akita Publishing Co., Ltd.
through TOHAN CORPORATION, Tokyo.

Deutschsprachige Ausgabe:
Egmont Manga verlegt durch
Egmont Verlagsgesellschaften mbH,
Alte Jakobstr. 83, 10179 Berlin

1. Auflage 2022

Verantwortliche Redakteurin: Inga Wurzbach
Gestaltung: Anke Koopmann, designomicon
Koordination: Angelika Schönhuber
Printed in the EU
978-3-7704-4356-7

Aber nun genug der Vorrede. Viel Spaß beim Lesen!